CB035345

MATRIUSKA

contos

MATRIUSKA

contos

SIDNEY ROCHA

ILUMINURAS

1a. edição
2009
[ISBN 978-85-5321-9]

Foto da capa
Elza Lima

Foto do autor na capa e página 75
Anny Stone

Projeto gráfico
Sidney Rocha

Revisão
Editora Iluminuras

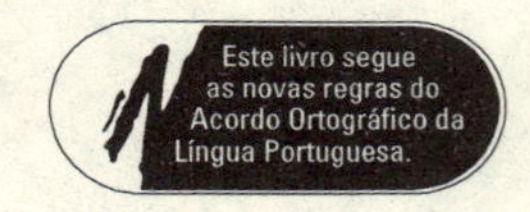

CIP-BRASIL. CATALOGAÇÃO-NA-FONTE
SINDICATO NACIONAL DE EDITORES DE LIVROS, RJ

R571m

Rocha, Sidney
Matriuska : contos / Sidney Rocha. - 1. ed. - São Paulo : Iluminuras, 2009.
1. Reimpressão, 2019.
78 p. ; 22 cm.

ISBN 978-85-7321-308-9

1. Conto brasileiro. I. Título.
09-2918 CDD: 869.93
CDU: 821-134.3(81)-3

2019
EDITORA ILUMINURAS LTDA.
Rua Inácio Pereira da Rocha, 389 - 05432-011 - São Paulo - SP - Brasil
Tel./Fax: 11 3031-6161
iluminuras@iluminuras.com.br
www.iluminuras.com.br

Para Mário Hélio, Marcelo Pérez e Samuel Leon

Sumário

Gravatas e borboletas,
por Marcelino Freire, 13

sundown, 21
zero-cal, 25
matriuska, 27
mastruz, 31
clinch, 33
feedback, 35
pause, 37
carefree, 38
nuvem, 40
:, 43
barbie, 47
twitter, 49
déjà vu, 51
onça, 55

wwwoman, 57
googlemap, 59
egg, 63
flash, 65

Fascinada angústia,
por Mário Hélio, 69

Sobre o autor, 75

Gravatas e borboletas

Marcelino Freire,
escritor

Conhece Sidney Rocha? Ora. Faz tempo que ele existe. Desde que li, faz um tempo danado, a sua novela Calango-tango, *eu sentia falta do texto dele. Do trinado, do ciscado. Da prece que ele faz. Do rebuliço de seus personagens. Seus parágrafos certeiros. Seu jeito de prosear. Poética, assim, medonha. Estética sem cerimônia. Sim, ele também lançou o romance* Sofia. *De repente, eis que ele volta, com este livro de contos curtos. E assustadores. Porque inovadores. Porque musicais, etc. e tais. E porque dificilmente existe autor como ele. Falando de certas mulheres. De certos recalques. Sem ser chato, entende? Sem querer ser o dono-da-cocada. O pior sujeito é aquele que se acha. Facilmente. Aquele que coloca borboleta na gravata para escrever. E não voa. Não sai da mesmice. Eta porra! Sidney tem o que eu aprecio em todo coração arredio: a pulsação. A verdade. O sentimento que está na linguagem. Nos sons que ele costura tão bem. Tão modernamente, saravá, amém!*

Caro leitor, pode apostar: pegue este livro na mão e veja se eu não tenho razão. Resumindo: são contos- cantos que vêm inovar e sacudir a prosa brasileira. E depois seguir por aí. Descendo e subindo a ladeira. Deixando seu sangue na gente. Assim, tão raro e para sempre!

"Se me permitirem uma sugestão, o modo ótimo para ler este livreco, embora dispendioso, seria: adquirir o direito de uso de um arranha-céu que tenha o mesmo número de andares das linhas do texto a ser lido; a cada andar coloque-se um leitor com um livro na mão; a cada leitor dê-se uma linha; a um sinal, o Leitor Supremo começará a precipitar do topo do edifício, e à medida que for transitando diante das janelas, o leitor da cada andar lerá a linha que lhe foi designada, em voz alta e clara. É necessário que o número de andares corresponda aos das linhas, e que não haja equívocos entre sobreloja e primeiro andar, que poderiam causar um constrangedor silêncio antes do estrondo. Bom também é lê-lo nas trevas exteriores, melhor se ao zero absoluto, em extraviado veículo espacial."

Georgio Manganelli
(*Centúria* – cem pequenos romances-rio)

para todas elas,
cada uma delas,
uma a uma.

sundown

1.

marisa não podia se guiar pela estrela do sol,porque cega e seca. a família devia mesmo ser do interior, como disse, a irmã tinha barraca na ponta d'areia, mas Onde é a ponta d'areia?, que a menina não sabia. pelo pára-brisa (num lugar donde até mesmo a brisa fugiu), a sua silhueta fumegava para nascer em halos do asfalto derretendo. na locadora me deram um carro como pedi: sem confortos: achei que podia economizar. o ventiladorzinho de merda soprava para dentro somente o inferno que bebia da cidade. só se dá o que se recebe. marisa deu-se à cidade como uma visagem. eu tentava almoçar às três da tarde, porque no hotel os preços são para turista, e podia encontrar refrigeração, e um prato a dez reais também, nalgum shopping. ela cruzara a avenida: o calor irmão do silêncio de deserto. o mundo a rua o carro o vestido a travessia de marisa no retrovisor a imagem o retorno vou voltar, sim, o impulso a infração [no domingo pode] e marisa de novo a visagem quando parei. o rosto, enquadramento de cinemalemão na janela do carro, Preciso chegar à ponta d'areia, só isso e sóisso a deixei entrar entrando ali o deserto irmão do silêncio. a praia fica pro lado de lá, Você não chegaria nunca indo assim, Estou-é sem rumo, moço, e do jeito que ligou os dois verbos pude saber que era do interior porque a pele de dezesseis anos tinha brilho doutro sol que não aquele que bronzeava dondoquinhas do litoral, que invadiam a praia com suas *necessaires*, onde se guarda toda futilidade de coisas. Era outro sol e terra e arado a pele de marisa, e não filtros e não protetores e não *sundowns*. as coxas minavam do vestido co'a força de quem resistia caminhar muito. Andei todo o dia de ontem, sim, mas, a praia, Preciso chegar, E chegará, só que era pra o outro lado, te disse, que também não sou daqui mas o hotel é praquelas bandas e além disso sempre sigo as placas. o silêncio virou uma cobra de alguns quilômetros e a língua por fim se esticou na caldeira: Por dez reais faço um boquete no senhor.

2.

Ora merda, marisa, que merda! você é só uma putinha, marisa, como pode? assim você me ferra com a polícia, Puta merda! Merda digo eu, marisa foi olhando pelo vidro o mundo o asfalto o longe que há em tudo. Só estou tentando começar algo, foi o que a menina disse. a frase. mais nunca me livrarei da frase. era o que eu também estava tentando, merda, afinal, começar algo, era o que todo o mundo estava tentando também, só que no mundo há muitas formas de começar algo, e marisa foi lá e pegou uma.

3.

durante algum tempo contei aos amigos o que ocorrera sob aquele sol. disse do fim de marisa na ponta d'areia e, Vá, menina, siga seu caminho, encontre a porra da irmã, que exista ou não. agora, penso nos olhos de meu irmão marcelo pérez. a ele poderia sugerir o cheiro de gente de verdade nos cabelos de sol de marisa. daqui, desse dia de natal, mário, amigo dos dias todos, poderá concluir qualquer verdade sobre o destino que se pode dar a dez reais de um almoço. No mundo há muitas formas. merda, afinal era só um dia a mais. para se começar algo.

zero-cal

ela virou o rosto. olhou um pouco para um vazio de séculos que mora dentro dela. não gozou. mas quando lambeu os lábios, deixou que a saliva inundasse a boca, e lustrasse os dentes de camila. ouvi um guincho de ar entrar pelo peito, um fumo, talvez outro espírito, que não o dela. depois o silêncio lâmina. já era um começo. durante anos visitei seu corpo de inverno para untá-la como a um pão de ontem e provocar inutilmente o sabor de alguma comida e nela o apetite de qualquer pássaro. depois, caía sobre nós o resto do balde, o suor a zero, quase de medo, a pele de rã, o amor de batráquios. mas foi um gemido, e foi como sair da escuridão, como cego que visse, um autista reagindo diante da tv chiando. tive vontades de matar camila, uma vez por dia. eu estaria chorando na cena. beijaria os seus cabelos e teria levado flores suando ainda fôlegos de sol. o termômetro diria calor ali, e ila pensando em nada, que a morte não é esse pensar em coisa nenhuma, esse desdém, mas a morte não é. camila tinha a cabeça nas nuvens, a maioria do tempo, É preciso pensar um pouco nas coisas aqui fora, mila. ela dizia que aquilo ia passar. Você quer queu finja? umas vezes pedi para que fingisse. depois lhe disse que não, que nunca. Vai ver você fingindo, mila, pensa em mim noutro alguém, e isso não, milinha. Nós não temos jeito, ela disse, Nós não vamos a lugar nenhum, sentenciou, Eu amo você, cam. ela foi ao longe do quarto e do nada do móvel o quarto virou lâmina e tocha. os seus pulsos em mercúrio desistiram. não era nada. camila fingira vida a maioria do tempo. a morte há, mais nada que. ela virou o rosto. olhou um pouco para um vazio de séculos que mora dentro dela. não gozou. mas quando lambeu os lábios, deixou a saliva inundar a boca, e lustrar os dentes de camila. ouvi um guincho de ar sair pelo peito, um fumo, talvez outro espírito, que não o dela. depois o silêncio lâmina. já era um começo.

matriuska

foi naquela vez que nos vimos que me mostrou todas as suas importâncias: eram fotos na carteira, a solidão de um brinco que largara no mundo o seu par, um cartão de visita com alguns números de manaus, para casos de emergência, um pingente di noir, dois sonhos já desistindo, ir a cuba e comprar com o suor do rosto um fiat uno que fosse, um bilhete dinamarca/brasil, de viagem que fez uma amiga para nunca mais voltar praquele gringo, O filho da puta, um absorvente e duas lembranças de um aborto, um sachê de sândalo que inclusive afasta coisas do ciúme, uma ametistazinha adormecendo como um olho num pedaço de veludo cor de abacate, sem serventia que se saiba, uma cartela de lexotan que confessou nunca usar, que coisa sem uso dá mesmo charme, uma fivela com forma de peixe, mas ela não gosta de peixe, mas gostaria de saber o gosto de sushi, Mas onde é que vende? duas carteiras de estudante sem validade, daquele bolso de tempo em que viveu com um cara. nos gomos de fora, o espelhinho onde só cabia o reflexo da boca, o batom um corpo em ataúde com dourações feitas à mão,,, e foi somente depois disso que ela me apresentou ao que sem dúvida nenhuma e sem qualquer risco de erro sairia mais caro mostrar, o que somente algumas pessoas conhecem, mas antes havia um recorte de jornal, tinha que conseguir aquele emprego, três sementes de pau-brasil, não sabia onde fora parar o relógio com bracelete quase de ouro, Deveria estar por aqui perto da. uma piranha com dois dentes a menos, sim, sim, estava procurando algo que realmente pudesse valer a pena a existência da bolsa, e lá estava, finalmente, como numa matriuska ou nas tantas camadas du'a cebola o que podia lhe valer mais que uma vida, que é o que vale uma lembrança para sempre, por isso se encurvara em dor e silêncio, por isso se ouviria dela o hálito mesmo do abandono, por isso a voz descendo pela garganta ali caindo em seco no abismo da alma, mas ali estava afinal, ou quase, enquanto desembrulhava o tesouro, o seu tesouro, mais ainda desenrolava o tecido dentro do tecido dentro e o que podia vir ao mundo como um rasgo ou um grito, e ela está em meios de romper-se em vidraça naquilo, e sua decisão era uma decisão de morte mesmo, de entrega, de descida, era isso mesmo, de descida, e foi quando desceu a lágrima e invadiu o café onde estávamos e parte do mundo liquidou-se naquilo, foi aí que prendi a sua mão no meio do movimento, Definitivamente, não o faça, eu disse, Não o faça, guarde para si, eu disse, e ela olhou-me como para quem a salvasse, e o seu silêncio redesenhou algo em torno de mim, que não sei direito, e todas aquelas coisas foram voltando lentamente para sua bolsa e em mim outras coisas se ordenaram e se mediram, mas não havia dono de café nenhum que me sorrisse.

mastruz

desígnios de deus, desígnios de deus... se não morri naquele dia e hora, minha mãe, não foi por obra e graça, mas muito mais por culpa do doutor, de deus não, mas do doutor, não canso de dizer e digo e redigo e tredigo. falo assim e berro mesmo até pro papa, pro papa não, pro pai do papa, ou pro padre venâncio mesmo, quer ver chame-le aqui, e sei que ele não, mas pra quem entende isso, é por respeito, e muito, e temor a deus que falo assim. os desígnios de deus, a senhora diz, os desígnios do dê-ó: dô, tê -ô: tô, isso-sim!, e acabou-se. da minha missa sei euzinha, por isso posso bater nos peitos e dizer que sigo vivendo, sim, pra carregar o que me compete carregar, não peço nem água, ande as léguas que tiver que andar, mas não peço, e engulo o engulho a toda hora quando o fraquejo vem, porque vem, minha mãe, porque a vontade de morrer vem, e é como um banho que a gente tome sem querer, e a senhora sabe que eu sei, a senhora viu e sabe que já senti o bafo da morte já, então não tem cristão-ateu ou judeu nesse universo mundo que venha me censurar, porque daquela vez senti foi ela revirando dentro de mim, cobra repuxando, e a moleza tomando tento, se apoderando das minhas carnes, das mais de dentro que podia tomar, e os desmaios e o sangueiro e eu tornando quando podia e não conto as vezes, que não foi uma, nem duas, nem três, que pedi a deus Me tire, me leve e não poupe nem o bruguelo, ele é que não mesmo, que sei que daquela vez eu tava parindo era a morte, por isso tomei o remédio e tomo que quem disse que não tem remédio pra morte? tem, tem queu tomei, e taí o que se chama desígnios de deus, minha mãe, taí: é agora me arruinar por dentro, que parir não paro mais, prenhez deus me tirou, o doutor disse, e vem a senhora me censurar, a senhora logo, que quisera a senhora ter a coragem queu tive, aí a gente agora tava falando doutra coisa, que nesse mundo eu não tava, viu? desígnios de deus... por ele eu tinha parido era a morte. desígnios de deus... desígnios de deus...

clinch

depois de tudo, foi ali que ele me deixou, e eu fiquei, como um bode a quem tiram o couro, e que nem é mais nem pele, nem bode, nem nada. tinha dito mais de dez vezes que não entendia merda nenhuma de política, e que não conhecia nenhum daqueles rostos das fotos. além do mais os meus olhos não suportavam mais o vapor da amônia, ou ureia, que não sei de que merda é feita a urina das pessoas. de forma que se mostrassem ali a foto de minha mãe eu também não saberia de quem se tratava. e, por isso, repeti aos berros, Não sei quem são, me deixe sair daqui, caralho. mas aí ele trouxe a corja. pela brecha do olho que empurrava a luz pra dentro das minhas retinas, vi que eram cinco, seis com ele, e eles tiraram primeiro a minha roupa. minto: primeiro disseram: Tira a roupa, queremos que você tire a roupa rebolando bem devagarzinho, suazinha, que nós vamos lhe ensinar algo, não que você não saiba.

Não, por favor, eu disse, e lembro de ter-me agarrado a ele, com carinho de verdade, Não permita, eu lhe peço, e gargalharam e foi quando eu gritei que se fodessem, queu não ia tirar porra de roupa nenhuma. aí eles rasgaram o que puderam. enfiaram-se em mim, um após um, outro após outro, e foi nessa hora que detestei para sempre essas coisas do organismo, e que não entendi a reação das minhas carnes, e repudiei para sempre o meu corpo, e decidi que com ele não viveria mais: As minhas glândulas piraram, meu amigo, entraram em curto sim, senhor, porque o que eles viram, no meio do nevoeiro, no absurdo daquilo tudo, foi o meu gozo tomando conta do recinto, uma, duas... dez vezes, eu já disse dez vezes, Não conheço essas merdas de pessoas. o camburão me deixou na noite da bêerre, com aquelas fotografias sobre o corpo, meu amigo. Tome esta, que é a sua, esta outra, que é do roberto, esta, do francisco, tome todas, e desapareça da minha frente para sempre, ora merda.

feedback

vim porque soube que está morrendo, nestor, e que combinamos assim: quem a vida derrubasse primeiro, pediria arrego ao outro. mas por outra razão não viria. pelos meninos não viria, por ninguém, mas vim porque você tem algo a dizer ainda, não? não lamento um pingo de nada cada coisa dessas, e o fato de tanto tempo já ter se passado entre uma covardia e outra não muda nenhum tijolo de posição. eu não mudei, nem você tampouco, dessa sorte não dá pra fugir. você, porém, daqui há pouco não será mais nada, e em sendo nada não vai desfrutar de mim nenhum companheirismo, que esse tempo se acabou. quem morre, nestor, é feito arbusto: não dá sombra nem escora. mas vim pra ouvir o seu lamento outra vez, e dizer de novo que o amei como a macho nenhum nesta vida, é verdade, mas o amor tem um ranço no final, que não larga mais a gente e a gente vira limão quase, seca e bota amargor em tudo, que mulher é assim. amor deixa a gente em pé também, e quando o mundo gira e a terra foge dos pés, é o amor que apruma e diz pra gente "toma vergonha nessa cara, mulher" e a gente olha pra dentro da cacimba que tem dentro de nós, e o que vê? o que é que a gente vê? que está certo!, que a gente devia tomar vergonha na cara, sim, e eu tomei, você viu. nenhuma maldade lhe fiz que não tenha recebido dez das suas antes. trinta anos não são trinta dias: passei sua roupa, cuidei de sua erisipela, na hora de comer a bolacha lhe confortei em cada brochada, e dei de mim o que eu não tinha, égua-besta, como papai disse outra vez. mas na hora do bem-bom, lá se foi você. e do mal que fez ao meu corpo, você sabe? ah, não sabe não. pois achei foi quem fizesse bem a ele, e não sei se assim não fez bem a você também. aí, agora, na hora da morte-amém, você inventa de falar? falar o quê? de amor, de regresso, de perdão? deixo falar não. que se entupa, tá ouvindo? nestor, nestor... você ouviu até que parte, nestor?... nestor?...

pause

entrei na menopausa. hoje. hoje, não: agora. senti isso. foi como um sopro ao contrário, um anuviamento na paisagem, de tombo no corpo. preciso encarar isso: viro fumaça. quando manassés chegar, eu conto: entrei na menopausa. hoje, hoje, não. agora senti. isso foi como um sopro ao contrário, um anuviamento na paisagem, de tombo, no corpo. preciso encarar isso. viro fumaça quando manassés chegar, eu calo: senti isso, foi. como um sopro, ao contrário: um anuviamento, na paisagem de. tombo no corpo preciso. encarar. isso viro: fumaça. quando manassés chegar. eu invento: melvina me disse: entrei na menopausa. hoje. hoje, não: agora. senti isso. foi como um sopro ao contrário, um anuviamento na paisagem, de tombo no corpo. preciso encarar isso: viro fumaça. quando manassés chegar, eu minto.

carefree

lucinha acompanha os dígitos todos os dias. disseram Não, não é assim que se faz, lucinha. tem que deixar o tempo correr, ter cuidado, esquecer. lucinha tem outro jeito de fazer as coisas. a margarina, vira o pote e se serve da parte do fundo. todas as calcinhas são da cor do carefree. ela o umedece um pouco com leite de rosas antes, e aperta com as unhas pra que grude como fossem uma carne só. sonha com carefrees doutras cores, pra ir nas americanas sortir toda a gaveta à esquerda do armário. enquanto isso acompanha os dígitos todos os dias. proutras coisas, não: aceita o método dos outros, mas é uma forma de fazer algo deixando-se levar, como um rio. porisso fingir não adianta muito, que as coisas vão como vão, rio como rio, mar como mar, lucinha como lucinha, um dígito dando lugar a outro, que essa digestão dos números no display lucinha conhece, ah, sim.

então sabe que a tantos dígitos abaixo dos cem, somem as assaduras do jeans quase-pele e que, outros a menos, aceita amassos no trem, que menos ainda o suor muda de gosto, e esfria, que é quando a caminhada começa a dar resultados, lendo a marca no metro a metro da pista, na escuridão das oito da noite, quando o parque é seu-só-seu, a nudez da escuridão nua-só-sua. lucinha acompanha lucinha todos os dias, os tic-tacs dos dígitos que o tempo não ouve, e quando ela se posiciona à pesagem é sempre outra lucinha que se apresenta na plataforma com marca de pezinhos de elefante. a comida também virou dígitos: arroz = 30, feijão = 40, carne = 50, almoçar virou quase uma fliperama, um pimball, mas veja só, já conseguimos vislumbrar a curva nascendo no quadril, a liberdade brilhou no céu da pátria, logo nesse instante em que lucinha recebe outro fora! de outro namorado?, e aí lucinha perde o metrô e para na sorveteria da cinelândia e pede um sundae de dois ou mais dígitos de tristeza e não pôde ver a balança do quarto berrando "game over, darling", e é por isso que lucinha chora? Não, não é assim que se faz, lucinha. tem que deixar o tempo correr, ter cuidado, esquecer.

nuvem

"Deus levou-lhe os filhos para que não vissem esta gomorra" — disse o padre bernard a esther, e por ordem do bispo chanterclair, de nelbunhe, a manteve uma semana nos intestinos do mosteiro, purificando-a da dor, do pecado, da blasfêmia e da malidicência contra deus e o destino. a memória de esther jamais se livrará daquela nuvem que cobriu toda a terra, da noite que chegou bem antes da hora, para esticar-se por três dias, e de como se esvaiu a vida das ervas, de jeito que o chão não era mais lugar de confiança, como insistem os que só se aventuram pelos mares. esther chorava a colheita, sim, e o nunca mais visto igual verdejar das oliveiras. também durante anos não experimentou sonos, tanto o tormento do chiar dos insetos na eternidade, o crac-crac sem-fim das mandíbulas, e a impregnação do cheiro de seiva que as árvores libertavam na sua nudez, um segundo antes da sanha de peste e morte pelos acrídios, Fervendo de serotonina e ódio — disseram os que estudaram o assunto. todo tipo de dor lhe deu a memória, esther. porém, jamais usaremos a palavra dor adequadamente para narrar o que ela sofreria, quando encontrasse na sala o de quatro anos somente, o hommelin, com as mãos galhos em arco, as unhas garras cor de oliva, boiando no mar do seu próprio sangue. ou o caçula mervilin, agora somente extraordinário peixe, a pele assim em camadas ou escamas, da cor que ficam os corpos pela ação dos éteres, que o éter é sem dúvida o perfume da morte. ou o que terá sido se deparar com aquele plasma num dos quartos, onde se podia adivinhar vísceras ainda com algum calor, como carne saindo de algum inferno, as mãos sopesando os globos dos olhos fora das caixas, que foi assim que lutou o quanto pôde o mais velho, carlwin, o heroizinho de 7 anos de idade.

na província, é tudo o que se sabe dos briant. e que o pai andou muito tempo pelos olivais, carregando a mumiazinha, o pequeno mervilin. mas que morreu de sífilis, já sem pecados. e que esther recebeu o isolamento de certo mosteiro da morávia, de onde não se pode ouvir seus gritos quebrando a noite de gelo, para sempre. e que quando alguém quer se referir ao extremo da dor de outrem, costuma dizer: "Fulana-de-tal traz a dor de esther."

a ciência conhece hoje essa gafa, essa moléstia que se contrai dos grãos, o alimento vomitado pela nuvem, e que deu fim aos três santinhos. tudo se explica. inclusive a praga que moisés presenteou ao faraó, igualando em desgraça os lares do egito. acredita-se também que a dor de esther e dos seus três meninos é como uma bomba que explodirá um dia qualquer no espírito das mães e das crianças do planeta.

assim, penso explicar o que não entendo: porque ontem, sem aviso e sem razão, quase cem anos depois dos santinhos de esther, o meu pequeno matias foi tomado pelo terror, e conheceu a morte, sob o sol do parque. brincava inocentemente entre os arbustos. ao lado do corpinho, puderam ver, vulgar, aparentemente inofensivo, em trajes de esperança, o gafanhão.

▪
▪

:ela precisava de dois dias e pediu a deus dois dias e foi isso que deus lhe deu: dois dias. então ela tratou de tudo o que podia: matriculou as crianças. cosmo repetira de ano, mas havia lugar para ele na mesma quinta-série de sempre: ana e yoko estão umas moças já: sétima e oitava, Benzadeus. agora, deus veria o quanto se dá pra fazer em quarenta e oito horas. crediário: ok. bodega: ok também, À rebeca que pague o eli: ele que pediu. seguiu também com o crochê, que Encomenda é encomenda, e isso se faz na novela das oito. mas não deu pra tudo, mesmo esticando a linha do dia como fez, não deu pra tudo, o trabalho da caridade, a visita à mãe, isso se dispensa: mãe entende tudo, mas pra tudo não deu. deus lhe daria outros dois dias, se lhe pedisse? disse: "Deus, me dê dois dias mais", de joelhos, no quarto. não é de rezas nem missas, mas herdou quase uma igreja do pai: castiçais, turíbulos, crucifixos, âmbulas, galhetas e até manustérgios, imagens de santos: tudo. o pai negociava com artigos da fé, mas ela mesma preferia kardec, e a seicho-no-iê. pediu: "Deus: dois dias mais." mas não sabia ao certo: 'dois dias mais' ou 'dois dias a mais' e se fiou em deus que deus não iria se importar com uma firula dessas, da flexão dos seus joelhos, sim, deus saberia. de fato: ele desprezou qualquer deslize e lhe concedeu dois dias. soube disso imediatamente, antes das laudes, que o pai lhe ensinou a respeitar às seis da manhã. entendia nada das missas, mas herdou uma igreja do pai, ela já disse. o velho morreu há dezanos e ela jamais teve a coragem de lhe dizer: "Não comungo, meu pai...", lhe permitisse deus, iria ao túmulo dele, com seus jarros e flores de ontem ainda: para tudo parecer o tempo sem andar. lá, se deus lhe desse, e deus lhe deu, outros dois dias, confessaria: "Sou e não sou, meu pai, talvez seicho-no-iê, me perdoa. sei: só há um deus, e só há dois dias." não foi lá: ocupou-se somente do que não pôde antes: não dá pra inventar fazeres a mais, o tempo minguando: é preciso respeitar as horas, como numa liturgia. oba, visitaria a mãe, viva. talvez, se desse. desceu até o mercado e comprou rabada, verduras: daria a eli almoço de fazer inveja aos amigos na segunda. lavou-se: louça. pregou-se:

botão. entre dois pontos do crochê ainda aplicou passes na vizinha, com formigamentos nos pés e dores na coluna, mas recomendou que fosse ao centro qualquer dia, ou ao teatro, às terças, pras reuniões, e ver que nada existe, o mal e as doenças inclusive, a matéria tampouco, ah, e ensinou matemática um pouco ao cosmo, mas disso entende quase nada. quando parou pra descansar no sofá da sala o pensamento clareou: era um domingo, afinal, e domingo é uma dia a menos, que não dá pra explorar tudo do dia de domingo, ora, então não deveria considerá-lo nas contas. mas coragem mesmo não tinha para negociar isso com deus. a ideia veio: aprumou duas velas no oratório do pai, viva. "Dois outros dias dos seus, deus dos dias: é só o que lhe peço, coisas a cuidar ainda, e compreender. pense bem: o mal não existe, mas o bem há, se o mal não existe?" é preciso saber disso, reunião da terça, e "Aproveito e levo martinha, que rezei nela, o senhor viu, mas não por isso." isto foi de noite: de manhãzinha, estava ela em si de novo, e rezou rezas que o pai lhe ensinou para o da boca, pra fora: "Salve-rainha, mãe-de-misericórdia, salve" :quando a encontraram, o rosto de parafina não dizia tristeza pelo distrato. o crochê: tinha terminado.

barbie

zulmira sabia que era uma boneca porque o pai com os olhos de lobo sempre dizia Zuzinha, você é minha bonequinha. e porque, longe dos outros olhares que não entendem nada de brincar, ele brincava com ela, geralmente quando caía a escuridão e o vento deixava de visitar o lugar onde ele guardava zulmira, zuzinha, para o dia seguinte. boneca como zulmira não fala, Faz ps-siuu, boneca!, por isso, de lá pra cá, ela não sabia mais a hora de sorrir ou chorar, principalmente quando ele lhe punha em posição de boneca que cai. zulmira era daquele modelo que ardia em febre às vezes e, se sangrava um pouco, acreditava ser assim mesmo isso, pruma boneca de dez anos. foi só depois que a boneca notou o seu corpinho de rã oferecendo outras formas, e se esticando por não se conter em si mesmo, elástico feito da carne que compõe o plástico da carne de bonecas como zulmira. foi o tempo em que não acreditou mais em histórias de lobos, porque agora a floresta cercou a bonequinha, os milhões de rostos de susies ainda nas embalagens, a tevê a chamála de criança, logo a palavra que lhe dá mais medo, medo e terror... e quando se referem à boneca zulmira como uma pinóquio sem as mentiras, então? então já tinha o corpo de sapa quando descobriu não haver loja nenhuma no mundo que vendesse bonecas com aquele nome de zulmira-zuzinha, e ela estranhou também o dia em que a dor rompeu o casulo, para brincarem de médico de verdade com ela.

mas amanhã poderá ir pra casa, levando consigo o silêncio das fadas que, como bonecas, não têm passado. na casa, já encontrará zenaide, a bonequinha que será sua para sempre. a psicóloga-susie-da-estrela disse que Zenaide não é boneca, zulmira: é gente igual a você. zuzinha não fala nada, enquanto no quarto pintado à cal não sabe porque pensa num túmulo quando entrega o peito a zenaide. e zenaide mama de verdade. fecha os olhinhos e tudo. parece boneca. só vendo.

twitter

jane aceitou que ele fosse pra cama com a amiga. jane consentiu que ele viajasse por cem dias pra américa para aprender economia e sobre a bolha, e levasse os cheques de viagem do pai de jane, e que ela nunca usaria, afinal. jane engoliu porra dez anos porque qualquer ereção dele não podia simplesmente passar em branco. jane aceitou dançar para ele no que ela chamou de strip e ele entendeu como a dança da macaca de circo. jane procurou o pastor e o homem de bem quase a comeu, e ela fugiu. jane entrou pra faculdade com 30 anos e ele a tirou de lá por causa da maconha e das coisas da pastoral. jane quase morre duma lipo que fez, sonhando o corpo dalguma qualquer da tv. jane estava quase enlouquecendo quando conheceu nereida, que gorjeou para ela que algumas regiões do corpo não estão ali por enfeite. jane ouviu de nereida que havia cantos em jane que jane precisava visitar e ouvir, mas não sozinha, e que jane só precisava de uma mãozinha. jane quis a mãozinha de ave de nereida, sim. na quarta do futebol dele, jane ouviu outra vez o trinar de nereida e marcou afinal num motel com osvaldo. jane conhecera osvaldo quando foram vender o fiat dela, para quele entrasse noutra sociedade, porque a crise, o mercado, era o fim, era o fim. jane ficou pensando o que tinha mesmo a ver a história do setor de imóveis dos states com o seu fiatzinho. osvaldo ensinou a jane sobre a crise e jane pipilou o bê-á-bá do seu corpo ao osvaldo da concessionária. jane dançou no poste do motel e osvaldo perguntou se ela já havia feito curso, essas coisas, profissionalmente. jane disse que não, mas a ideia ficou chilreando na cabeça de jane por algum tempo. depois jane descobriu que há lugares para onde voar às quartas, além de ficar em casa tirando cutículas. com três linhas nos classificados jane virou best-seller por isso jane comprou outro chip pro celular, que atende no shopping, no supermercado, ou quando vai pegar bernardinho na escola. jane tem tuiter e tudo. hoje, quando ele precisa usar um pouco jane na cama e lhe dá palmadas nos quadris e a chama de "Minha putinha", jane o bica com carinho e sorri. jane sorri porque ele não faz ideia de nada, porque ele está vivendo naquela bolha para sempre, sem nunca nunca nunca ouvir os pássaros.

déjà vu

tirou o livro da bolsa e leu na página 51: talvez ainda estivesse lá, então continuou rodando. tirou o livro da bolsa e leu na página 51: talvez ainda estivesse lá, então continuou rodando. certa hora, teria que enfrentar. tirou o livro da bolsa e leu na página 51: talvez ainda estivesse lá, então continuou rodando. certa hora, teria que enfrentar. "Sumir? suma você", ela disse. tirou o livro da bolsa e leu na página 51: talvez ainda estivesse lá, então continuou rodando. certa hora, teria que enfrentar. "Sumir? suma você", ela disse. detestaria humilhá-lo, mas "O apartamento é meu, aqui pago tudo". tirou o livro da bolsa e leu na página 51: talvez ainda estivesse lá, então continuou rodando. certa hora, teria que enfrentar. "Sumir? suma você", ela disse. detestaria humilhá-lo, mas "O apartamento é meu, aqui pago tudo." ela entrou no ônibus. ele permaneceu lá. tirou o livro da bolsa e leu na página 51: talvez ainda estivesse lá, então continuou rodando. certa hora, teria que enfrentar. "Sumir? suma você", ela disse. detestaria humilhá-lo, mas "O apartamento é meu, aqui pago tudo." ela entrou no ônibus. ele permaneceu lá. ia dar outro giro, assim ele ganharia tempo. tirou o livro da bolsa e leu na página 51: talvez ainda estivesse lá, então continuou rodando. certa hora, teria que enfrentar. "Sumir? suma você", ela disse. detestaria humilhá-lo, mas "O apartamento é meu, aqui pago tudo." ela entrou no ônibus. ele permaneceu lá. ia dar outro giro, assim ele ganharia tempo. ele não tem pra onde, assim, de uma hora pra outra. tirou o livro da bolsa e leu na página 51: talvez ainda estivesse lá, então continuou rodando. certa hora, teria que enfrentar. "Sumir? suma você", ela disse. detestaria humilhá-lo, mas "O apartamento é meu, aqui pago tudo." ela entrou no ônibus. ele permaneceu lá. ia dar outro giro, assim ele ganharia tempo. ele não tem pra onde, assim, de uma hora pra outra. tirou o livro da bolsa e leu na página 51: talvez ainda estivesse lá, então continuou rodando. certa hora, teria que enfrentar. "Sumir? suma você", ela disse. detestaria humilhá-lo, mas "O apartamento é meu, aqui pago tudo." ela entrou no ônibus. ele permaneceu lá. ia dar outro giro, assim ele ganharia tempo. ele não tem pra onde, assim, de uma hora pra outra.

lia a página, já passei por aqui. tirou o livro da bolsa e leu na página 51: talvez ainda estivesse lá, então continuou rodando. certa hora, teria que enfrentar. "Sumir? suma você", ela disse. detestaria humilhá-lo, mas "O apartamento é meu, aqui pago tudo." ela entrou no ônibus. ele permaneceu lá. ia dar outro giro, assim ele ganharia tempo. ele não tem pra onde, assim, de uma hora pra outra. lia a página, já passei por aqui. o celular vibrou. a mensagem dizia somente fim. tirou o livro da bolsa e leu na página 51: talvez ainda estivesse lá, então continuou rodando. certa hora, teria que enfrentar. "Sumir? suma você", ela disse. detestaria humilhá-lo, mas "O apartamento é meu, aqui pago tudo." ela entrou no ônibus. ele permaneceu lá. ia dar outro giro, assim ele ganharia tempo. ele não tem pra onde, assim, de uma hora pra outra. lia a página, já passei por aqui. o celular vibrou. a mensagem dizia somente fim. agora, fim, ela poderia voltar. para lugar nenhum. tirou o livro da bolsa e leu na página 51.

onça

guadalupe despencou do ônibus. fugia de roraima. era uma das mulheres do ianomani sorento, da aldeia xaruna. certa noite ele a amarrou na mata e a espancou tanto que guadalupe mergulhou na escuridão do futuro. quando foram socorrê-la, o canto mais limpo. uma onça a levou, até hoje sabem. mas guadalupe que a onça não comeu despencou do ônibus. esmolou por dois anos. quando lembrou quem era, tratou de esquecer de novo. despencou do ônibus. o lugar parecia minas, e lá teve um filho, que um soldado do exército levou pra criar. foi ali que viu as placas das lojas. decidiu aprender a ler. mas a dona da pensão lhe traiu e teve de dar conta de um dinheiro do qual nunca viu nem a cor. se não tivesse experiência de cabaré, estaria na cadeia até hoje. mas o suborno para a carceragem lhe deu hematomas e gravidez. pra simplificar: nasceu morto. despencou do ônibus.

ramiro era peão de trecho de estrada. a onça de vez em quando comia a memória de guadalupe, e ela se disse Cleonice, vinda do pará, prazer, A gente pode se ver hoje à noite?, Estarei aqui, trabalho na lanchonete do posto, mas vou crescer, aprender a ler as placas. só digo que casaram. e que dezanos depois ramiro morreu e cleonice, arrastando os três meninos que haveria de carregar pela estrada, despencou do ônibus. só sei que os filhos se formaram todos, comendo do que a onça consentiu. há 200 anos cleonice trabalha na casa de um ministro. cleonice não soube responder Ministro-do-quê? quando essa semana foi se matricular na escola para adultos duma igreja da periferia de brasília. a velha quer porque quer aprender a ler as placas. os meninos do ministro adoram as histórias de cleonice. a mulher do ministro também se chama cleonice e por isso pediu para que ela usasse outro nome, Se você não se incomoda, é só por enquanto, não pega bem, você sabe, né. Incomodo não. E que nome a gente vai usar? a palavra guadalupe saiu de dentro da velha como bicho que desse um bote. de lá pra cá, cleonice vê guadalupe no espelho. e guadalupe não vê o dia e a hora de saber se foi mesmo uma velhinha quem pintou a onça que passou por aqui. e que despencou do ônibus.

wwwoman

quando o doutor maverick religou a máquina de emissão beta, era para soterrar diana com toda aquela rocha e radiação no pico da bandeira. e, de fato, diana quase entrega os pontos, mas graças a uma falha no terreno e ao desenergizador de partículas, conseguiu fugir pelos lençóis da rocha e sair vivinha da silva. emergiu nas águas do atlântico, a tempo ainda de extraditar o vilão para o mesmo quadrante ao qual enviara valderron e sua quadrilha, horas atrás. quando diana foi chamada para negociar com os bandidos o resgate daquela criança da zona sul, jamais poderia desconfiar da armadilha. é que, a partir do padrão de sua voz no megafone, os horinks, que até então vagavam pela constelação delta five, conseguiram produzir ondas-mares de decibéis, para exterminar a civilização que vive sob as águas da baía da guanabara. mas diana conseguiu reverter os sinais do transcover e, de carona no eclipse que protegeu somente por dois segundos a cidade de são sebastião do rio de janeiro, do vácuo gerou tanto silêncio que provocou uma pane sem proporções na nave-mãe dos caras, que hoje são somente areia de estrela. nesse mesmo dia, o mundo chorou com o sofrimento de diana, na garganta do diabo, no meio da chapada diamantina. presa pelos grilhões da energia de loki e, já sangrando como um rio, diana invocou o canto das valkírias, cantiga que havia lhe ensinado uma índia do amazonas, e assim recebeu a poder da legião de honra das guerreiras do valhalla, e enviou o espírito do mal para as profundezas de iggdrasil. tinha ainda que correr e evitar a ação da gangue do trem, que consistia em acelerar e desacelerar o metrô de são paulo, provocando um acidente que jamais iríamos esquecer, principalmente àquela hora, meu deus, seis e meia da noite. o fato é que, às 7 horas, diana se transformará na super-diana, e ninguém pode vencê-la em número de toques ali no setor de contabilidade do banco. de lá, oito horas por dia, a super-diana bota o mundo pra girar, digitando números num computador do tamanho do quarto em que mora, com dois filhos, em nova iorque, às margens do rio parnaíba, anonimamente.

googlemap

1.

depois que cristiane me disse "Quero ir embora", fiquei pensando. eu partiria do hotel em dois dias. cristiane cantava na noite, e seu plano era desaparecer dali, donde nunca saiu, nem nunca sairá. tinha o mar, podia passear pela praia sempre que quisesse, ver os casais transarem ao pôr-do-sol na distância da maré, mas não: precisava sair de lá. "Não sei na pele o que quer dizer 100 quilômetros." "Não sei o que é isto: estrada." estava com pedro porque ele lhe contava de uma viagem a são paulo, mas essa ela já sabia de cor. "Você pode me contar alguma? "Qualquer uma", pediu. "Preciso viajar daqui." durante o dia, arrumava quartos no hotel. já a puniram algumas vezes porque ela some e sempre é pega no topo, olhando o mar-horizonte. "Eu fico procurando cidades, lugares, lá longe. pedro disse que são paulo não tem praia, então procuro o rio e vou indo, vou indo..." "Sua cidade tem mar? se tiver, posso qualquer dia ver lá de cima." assim foram os dias. "Aqui no hotel ouço as viagens que me contam. com o tempo dá pra adivinhar quem tem pra contar. homens feito o senhor, tem, eu sei." "Eu coleciono, me conte." contei algumas. na terça, entrou no quarto e pediu para sentar na cama, "Se não for ousadia." sentou. "Você transaria comigo?"

2.

não conheço quem tivesse preparo para responder-lhe. desconversei. "Não transa comigo porque arrumo quartos na merda deste hotel, né isso?" "Não." expliquei com todas as palavras: "Não é isso." "Você se envergonha." "Sou cantora também, viu?" sorriu. "Transe comigo." "Me carregue."

3.

"Quando você vai embora?". "Daqui há uma semana", menti. no outro dia, um amigo me levaria para o aeroporto e desci para o café, cedo como pude. foi quando cristiane entrou pelo salão. deslizava como sereia num aquário do ocean park. sentou e me contou a sua vida, que virou o conto "matriuska". nunca mais uma mulher balirá tanta ternura. acho que também queria que a visse assim, no que tinha de melhor. e me arrependesse.

4.

me lembrei de cristiane hoje, neste hotel em são paulo. olhando pela janela, liguei meu pensamento de agora com aquele, o dela, dizendo que queria ir embora. sei que neste momento ela estará no alto do hotel viajando pelo mundo, colecionando viagens, olhando o mar de possibilidades que há nas pessoas. de lá me verá aqui? certamente. são paulo não tem praia, mas o poder de cristiane já venceu esses limites, esta tolice que é o mar.

egg

maggie demorava a se convencer que era uma poltrona de hotel. não bastava que lhe dissessem, não adiantava insistirem porque as lembranças de maggie se moviam noutra direção, sempre. mas nunca acreditavam. sabia aniversariar em março, lembrava de cada passo que dera, e poltrona não anda, se não lhe arrastam para isso. maggie lembra que lhe arrastavam aqui e acolá, mas estava no primário e não gostava de professoras, e nem mesmo quando meninas viravam professoras. outra coisa: poltronas de hotel não choram, não fazem birra, e, talvez por educação, nunca reclamam de nada. certo é que não participava muito dos jogos de baralho da família, dos churrascos, sobretudo. preferia acomodar-se em algum canto e tinha vez que se fincava num lugar e permanecia lá horas e horas, dias e dias. mas poltrona não entristece no natal nem no fim do ano, ... 3, 2, 1 merrycristmas&goodyear, mas lhe deram um endereço na sala e maggie se recorda de cada reboliço da sualma, de cada segredo do seu corpo, da menstruação; e poltrona de hotel não se acaba em cólica e não incha como um ovo, e não lhe dão buscopan, dão? e poltronas não se ensimesmam como poltronas, como se dava com maggie por aqueles dias. então não viessem convencê-la com essa bobagem de "poltrona de hotel". mas o tempo impregnou tudo de cansaço e, quase sem forças, maggie aceitou que fossem acumulando mofo e almofadas, e que cada vez mais treinassem ali os intestinos, discutindo sobre o mundo dos negócios e dos sofás e das bolsas e das religiões todas. e foi por falar em religião que, naquele natal, alguns anjos notaram o equívoco: maggie tinha razão o tempo todo: poltrona não, oh, senhor!, que erros sem perdão nos cadastros deste mundo. mas quando a legião desceu para se desculpar, hosana, jingle bells etc etc etc só descobriu no hotel que trocaram toda a mobília e que o caminhão da mudança passara um dia antes. e nunca mais se soube de maggie. no seu lugar havia só um pinheirozinho com uma estrela no topo, afirmando-se o menino-jesus. anjos nunca acreditam em ninguém. não seria daquela vez que.

flash

sem contar os dois passos do canteiro, são quarenta, o que se gasta para atravessar a paulista e dar com nonato do outro lado. trabalhavam por ali, e desciam até o metrô para sumir na noite e na vida que restava, a que ainda não tomaram os patrões, por questão de tempo, pressentia ana ruth, se sentindo vampira, fugindo na noite, no metrô, pro escuro. o carro não havia avançado ainda e quase lhe arrancado o tornozelo ou sabe-se lá, nem tampouco foi contado que ana ruth carregava um punhal e que resolvera dar fim a nonato ali mesmo, porque dia desses lhe contou o que lhe contou, vejam bem, a filhinha, não somente ela, mas a outra também, rutilene, em lágrimas, e era então por isso que a menina construíra para si aquele silêncio de pedra, vivendo como sei lá: uma vampira, tristemente, também? o homem do outro lado era então um monte de nada, e a lâmina provaria isso. sob a são paulo, leiam os cartazes de propaganda, há outra cidade de quarenta mil zumbis, trabalhando e se matando no metrô. aquela cidadela sentia trovejar cada passo de ana ruth, um, dois, até alcançar o canteiro, e ela sentiu o animalzinho serpentear na bolsa, bicho que ana ruth acalmou até os vinte e poucos, trinta e tantos passos agora, e não viu que já piscava o vampirozinho de led do semáforo, vem ana ruth, vem, porque ela, antes de definitivamente botar o aço pra respirar, olhou para trás e se sentiu como um nadador que no trampolim se pergunta: E depois? e no salto se pergunta: E agora? mas estava assim, nesse movimento, nesse pulo, quando aí sim, com todo o direito, o carro, que não havia avançado ainda, quase lhe arranca o tornozelo ou sabe-se lá, não fosse o braço de elástico de nonato lhe puxando para a superfície, enfim, daquele afogamento quase. um tempo de pensamento houve para, no puxão, nascer aquele beijo da foto que os levou aos jornais, porque na paulista sempre há fotógrafo demais, o que suscitou, claro, comparações com aquela foto do casal, no fim da guerra, que os senhores sabem qual. pois bem, pois muito bem, um ano depois, exatamente ontem à noite, ana ruth, nonato, o punhal, a filhinha, não somente ela, mas a outra também, rutilene, em lágrimas, cumpriram um ciclo, como dizem os horóscopos. a mulher e as filhas, a sala, o mar de sangue, o corpo do homem. a foto. os jornais preferiram a manchete: vampirismo.

fascinada angústia

Mário Hélio,
escritor e crítico literário

"Nós não vamos a lugar nenhum". É a frase. Mais que frase. Sentença. De uma personagem. Não só de uma. Destino de tudo. Do que vive, do que não nasceu e do que não virá. No plano mais geral, quase metafísico, parece terrível, no meio específico, do cotidiano, assume, no entanto, o seu sentido mais doloroso, a fragilidade do cotidiano desafortunado: o que move cada uma das figuras em ação neste livro.

Lugar nenhum define a Utopia. *o Fim da utopia. Urbanos, demasiado urbanos, estes contos são retalhos, fragmentos, pedaços de vida, histórias-partidas, peças desarticuladas como as que (em)prega o destino. Estranhamente, essa desarticulação é estrutural. Tudo aqui parece (de) composição. Como uma fuga.*

Na falta de melhor nome o gênero disto se chama de conto. Mas de que conto se trata? Se todas as histórias se enovelam como se não pudessem estar separadas, como se encontrassem labirintos em tudo, não apenas nos cabelos do deserto e nas selvas selvagens ásperas e fortes das cebolas.

Babuska ou Matriuska assume, claro, aqui mais do que o literal das bonecas russas, alcança o literário, o simbólico, e o simbólico é, por todos os feitos, mais do que o eterno (ou fugaz) feminino. É a maternidade, a vida mesma, como disse o poeta, sem mistificação, a vida contendo a morte, como uma estranha matriuska, e uma coisa parece não oposta, mas contida na outra, não somente na narrativa que dá título ao livro, mas nas outras, como neste exemplo de "mastruz":

> *"desígnios de deus, desígnios de deus... se não morri naquele dia e hora, minha mãe, não foi por obra e graça, mas muito mais por culpa do doutor. (...) quando o fraquejo vem, porque vem, minha mãe, porque a vontade de morrer".*

E no caso de diversas personagens, não é só a vontade de morrer, mas a consecução o que se performa. Nestas histórias tristes e violentas, há mais a introversão de suicídios e abortos que a extroversão de homicídios e infanticídios.

A morte é algo familiar neste livro, seja como vontade no último texto referido, seja noutro que se explicita em expressões como esta: "eu tava parindo era a morte", e é justo dessas tensões maternidade-morte que brotam as muitas ironias de que enchem estas histórias: "mãe entende de tudo, mas pra tudo não deu". Há muitas ironias verbais, e podem ser vigiadas já a partir dos títulos, mesmo nos inexatos, como aquele que se refere à menopausa e se define "pause", quando o que se tem mesmo é o começo do fim. Noutra, é o humor negro, amargo, que emoldura o desejo de uma personagem como nova Medéia: não de um dia como a amante de Jasão: "ela precisava de dois dias".

Com sutis alegorias e associações de ideias, há menções veladas à mitologia, mas recriada de modo inteligente – como fez Joyce no Ulysses, *cotidianizando, vulgarizando o que outrora teria sido solene. Assim é que "o crochê: tinha terminado" evoca, evidentemente, a última das três parcas. Há outros em que ironicamente se refere a uma "Nereida" e a uma "Diana".*

Além das referências pagãs, há também de sobra as cristãs (claras ou disfarçadas), como Ruth, Guadalupe, Ana, Maggie, Cristiane, Rutilene etc.

E há histórias em que o "acerto de contas" parece dar o tom. Em "feedback" pode-se evocar o Rulfo de "Você não escuta os cães latirem?". Só que desta vez não é a recriminação pai-filho, e sim mulher-marido.

As mulheres, na verdade, dão o tom e são o tema de todas as histórias. Os seus nomes pseudossolenes aparecem quase displicentes: Marisa, Ana, Rutilene, Cristiane, Ruth, Cleonice, Jane, Guadalupe, Zulmira, Lucinha, Yoko, Rebeca, Martinha.

Matriuska batiza o livro. Mas a russa não é a única boneca que titula histórias, há também outra que se batizou de Barbie. A matriuska é rechonchuda e "real". A Barbie é magra e "ideal", um dos grandes ícones das curvas e linhas do feminino nesta parte do Ocidente e neste momento da história. Diferentemente da matriuska, que é feita de acrescentamento de outras bonecas, ou dela mesma em vários tamanhos, a Barbie apenas troca de roupa. Camadas e camadas de uma que se veste de si mesma; camadas e camadas de outra que multiplica a superfície. Uma mise-en-scène, *outra mise-en-abyme. Uma será sempre filha, em seus teatros para fora; outra será sempre mãe, em suas quedas para dentro.*

A Barbie acabou de completar 60 anos. Nesse mesmo ano de 1959, quando por assim dizer nascia a Barbie, saiu uma versão castelhana das Crônicas marcianas *de Bradbury prefaciada por Jorge Luis Borges. No seu texto ele se remete a um leitura que fizera 50 anos: "com fascinada angústia, no crepúsculo de uma casa que já não existe, Os primeiros homens na lua, de Wells". Mal sabia Borges que dez anos depois de 1959 se cumpriria não o sonho de Wells (de 1901), mas o de Verne, que é bem anterior*

(Da terra à lua, *de 1865, e* À volta da lua, *que é de 1869). Mas no texto de Borges há outra menção temporal que vale a pena referir: "Bradbury escreve 2004 e sentimos a gravitação, a fadiga, a vasta e vaga acumulação do passado". Bradbury escreve para o futuro e Borges o lê assim. E agora – 2019 – o futuro já é passado? A resposta à pergunta é mais difícil do que parece, como aliás já notou há séculos Santo Agostinho, na passagem famosa das suas* Confissões. *A pergunta aqui é outra — não o que é o tempo?, mas o que é o tempo destas histórias de ficção. Em que tempo vivem as Marisas e Guadalupes destes contos. Como costuma acontecer quando se constroem bem as personagens — e aqui elas não são desenvolvidas de modo convencional porque apenas existem inseparáveis dos fatos, são mesmo escravas deles — ganham uma estranha vivência, uma inquietante familiaridade.*

Essas bonecas não são de plástico. São matriuskas de carne, em carne(água)-viva, e se uma delas sabe "deixar o tempo correr", não é propriamente de tempo que fala, mas do sangue. Boas histórias, mais do 94 que as guerras, costumam promover bons derramamentos de sangue, e estas ainda vêm com o bônus da "fascinada angústia" ou da fascinação angustiada que parece ser a verdadeira casa de bonecas de todo bom narrador.

Sobre o autor

Sidney Rocha, 54, [sidneyrocha1@gmail.com], escreveu *Matriuska* (contos, 2009), *O destino das metáforas* (contos, 2011, Prêmio Jabuti), *Sofia* (romance, 2014), *Guerra de ninguém* (contos,2015) *Fernanflor* (romance,2015) e *A estética da indiferença* (romance,2018) todos publicados pela Iluminuras.

Este livro foi composto
com as fontes Minion Web e League Gothic,
impresso em papel *off white*, Pólen Bold 90 g/m²,
para a Iluminuras, em outubro de 2019.